김유화 인문시집

꽃아 피어나라

국립중앙도서관 출판예정도서목록(CIP)

꽃아 피어나라 : 김유화 인문시집 / 지은이 : 김유화. -- 서울 : 한누리미디어, 2017
p. ; cm

ISBN 978-89-7969-758-2 03810 : ₩10000

한국 현대시 [韓國現代詩]

811.7-KDC6
895.715-DDC23 CIP2017023648

김유화 인문시집

꽃아 피어나라

한누리미디어

"정치는 예술처럼, 시집 《꽃아 피어나라》 출간을 축하드립니다."

좋은 시는 삶에 대한 사랑이고 미래를 여는 꿈의 길입니다. 신비로운 만물의 모습과 의미를 일깨워주고 삶의 방식을 아름답게 바꾸어가는 시는 창조적인 새로운 힘을 실어줍니다.

권력이 인간을 오만으로 이끌 때, 인간의 한계를 일깨워주고 권력이 인간의 관심을 편협하게 할 때, 시는 인간 실존의 풍성함과 다양성을 일깨워주며 권력이 부패할 때 권력을 정화해 주는 역할을 합니다.

인간이 경험할 수 없는 최상의 아름다움은 신비함입니다. 이 모든 진정한 예술은 정치와 과학을 조화시키는 원천입니다. 흔히 정치를 예술이라고 하는 이유입니다.

이러한 시를 통해 사회와 인간과 사물의 사이뿐만 아니라 정치에 접목된다면 인간이 꿈꾸는 최상의 '이상향' 의 세계가 펼쳐질 것입니다.

여수시 의원으로 탁월한 의정활동은 물론, 남다른 시민 사랑을 보여준 김유화 의원께서 '민주문학회' 시인 동지들과 향기로운 감성의 정치를 위해 세상 속에 들어가는 모습이 마치 봄산에 꽃피는 얼굴 같아 매우 기쁩니다.

이런 상상력과 창의력을 갖춘 정치인이 많이 나와야 선진 인류사회로 나가는 인문학적 정치의 길이 열릴 것입니다. 정치와 시문학 예술의 소양을 융합하는 김유화 의원의 꿈의 길이 잘 익어가는 가을 보름달처럼 밝아지길 바랍니다.

2017년 초가을

대한민국 국회의장 **정 세 균**

연필이 무거워질 때까지 시를 쓰겠습니다

달과 별이 하늘에 떠있는지도 모르고 깊이 잠들어 있던 저의 예술적 감성을 어느 날 세월의 소리에 귀기울여 보니, 자유가 만발하는 저의 문학적 날개가 지천명의 삶의 길가에서 빛고을 과실처럼 익어가고 있었습니다.

"우주에는 한 사람의 아름다운 연인이 있다. 그는 시인이며, 오직 인간과 사물을 말하는 가장 상상적이고 창의적인 방법이다"라는 셰익스피어의 말처럼, 나는 그 연인이 되고 싶었습니다. 저는 어린 시절 들꽃과 자주 소꿉장난을 하며 놀았습니다. 그럴 때마다 저는 꽃이 되고, 꽃도 제 마음에 피어나는 친구가 되었습니다. 지금 생각하니 시의 사상인 물아일체物我一體였습니다.

그 사연들이 오늘에 무언의 책갈피처럼 모아진 삶의 시간들이 자연에게 말하고 세월을 꿈꾸며 우주 삼라만상과 인생 희로애락을 재탄생시키는 창작의 문을 열게 되었습니다.

연필이 무겁게 느껴질 때까지, 상상력이 길을 잃을 때까지 세월과 인생을 그리는 시문학을 연인 삼아 사회봉사와 사람을 위한 정치를 예술처럼 아름답게 꿈꾸어 나가겠습니다. 제가 시를 쓰는 이유는 가장 아름답고 선하고 진실한 자연과 하나 된 인생 희로애락을 위해 "삶을 자연처럼 정치를 예술처럼" 배우기 위해서입니다.

키케로는 "인문학의 꽃은 문학이다"라고 말했습니다. 바야흐로 문화, 예술, 철학적인 탁월한 사유와 시선 없이는 한 발자국도 움직일 수 없는 선진 인류로 나가는 인문학 시대를 맞았습니다.

"시문학 예술적 상상력이 세상 우주를 움직일 수 있는 과학의 어머니다"라는 아인슈타인의 말이 오늘날 현대사회를 움직이는 동력이 되고 있습니다.

바로 선진 인류정치는 인문학적인 문화적, 예술적, 철학적 시선에서만 나옵니다. 예술의 으뜸장르인 시를 많이 읽고 느끼며 자연만물을 꿰뚫어 보는 안목을 키워야 한다고 강조한 공자는 제자들에게도 "시를 배우지 않으면 어둠 속의 높은 벽을 맞대고 있는 것과 같다"고 시의 중요성을 가르쳤습니다.

"미래는 지식이 열어가는 것이 아니라, 상상력이 열어간다"는 앨빈 토플러의 말처럼 자연의 순리를 따라 삶을 가꾸고 예술처럼 상상하며 미래를 열어가는 시 쓰는 정치인으로 향기로운 사랑의 꽃밭을 가꾸어 나가겠습니다.

끝으로 세계 시사전 500인 수록 시인이시며, 소설가, 문화예술평론가이신 임영모 스승님의 깊은 은혜에 감사드립니다. 그리고 정치를 통해 세상에 봉사하는 아내가 자랑스러웠는데, "남들이 갖지 못한 문학예술적인 아름다운 마음을 갖고 있다"며 행복해 하는 남편과, "너는 누구를 닮았니?" 물으면, 엄마를 닮아서 예쁘다고 하는 두 남매 자식에게도 사랑을 돌립니다.

생각이 연필이 되고, 마음이 자리가 되어 세월에 말하고 자연에서 꿈꾸는 부지런한 바람의 손길로 시문학 꽃씨 하나 심어 놓습니다. 감사합니다.

김 유 화

차례

제 1 부

제 2 부

차례

제 3 부

제 4 부

차례

제 5 부

제 6 부

제 1 부

세월 지낸 어머니 얼굴

해와 달이 번갈아 가는 하루하루
세상 곳곳을 바람눈으로 돌아다닌다
희로애락 삶의 곡절은 다를지라도
세월 길을 걷는 것은 마찬가지다

사계절 피고 지는 사물의 이치도
자연의 품속에서 늙어 가는 모습은
봄날의 예쁜 꽃잎이나 가을날의 고운 단풍잎도
철 따라 닮은 색깔로 나이를 먹는다

사람도 자연의 한 조각이거늘
우리 어머니 날 낳으시고 기르시며
사랑을 먹이고 입히며 소원했던
청춘 세월 그 날에 두고 늙어간다

인생살이 절절한 사연 주름살에 고여
손금에 걸린 삶의 발자국
옛날 아가 손처럼 떠나지 않고
세월도 놓고 간 자식 사랑 여기에 있다

아직도 어머니 눈동자에 걸린
영혼의 기도소리 들려오고
세월 길보다 길게 늘어진 그 이름 어머니
세상 품보다 넓게 펼쳐진 그 이름 어머니

비바람 맞고 저 큰 산을 지키는 나무처럼
파도를 맞고 저 바다를 품은 바위처럼
산천에 울려 가는 메아리 숨결로
거친 파도의 몸짓을 내려놓고 여기에 있다

어머니의 얼굴은 모두가 쌍둥이 같아
눈길 닿고 손길 닿고 마음 가는 곳마다
천혜 얼굴 세월이 남긴 작품 표정이
모두모두 인생 연극무대 주인공 배우 같아라

그 옛날 동동구루무 찍어 바른
연지 곤지 찍은 새 각시 얼굴처럼
세월의 솜씨가 주름살로 만든
어머니의 얼굴은 그림자까지 닮았다

길 위에 가을바람

가을바람이 길 위에 서성이고 있습니다
누군가를 기다리는 것 같습니다
아마도 그리움에 지친 나를
달래주려는 손길인가 봅니다
옛날에 그와 인연된 자리를
맴도는 시간과 닮았습니다
옷깃에 스민 수줍은 님의 숨결
이제는 가슴까지 설레고 있습니다
가을은 연인의 여행길인가 봅니다
비단실 같은 햇살이 바다에 내려앉습니다
우리 언니 얼굴 닮은 참 고운 빛깔로
세월의 미학이 빚어낸 솜씨
바다를 펼쳐 놓고 금빛 그림을 그립니다
어느새 내 마음까지 물들여온 노을
서산 넘어가는 그리움까지
보름달 님 마중길
어우러져 노는 파도 물결이 잘도 품습니다

가을의 마음

가을은 마음과 생각이 마주친 곳에 있습니다
눈길 닿는 곳마다
맑은 거울이 달려 있습니다
하늘에도 물에도 산에도
사람들의 마음에도
가을 천사
그대의 얼굴도 보입니다
들꽃과 들풀 사이만큼
가을은 누구라도 진실이래요
마음 한구석도 숨길 수 없습니다
눈을 감으면 추억이고
눈을 뜨면 현실이니까요
바람의 손은
느끼는 대로 사랑이 되고
그리움은 시도 때도 없이
산을 품은 구름결로 다가옵니다
가을은 그대와 나 사이처럼
정말 곱게 물든 붉은 약속입니다

가을 손님

저 산도 넘고 이 강도 건너오는 길에
들국화도 코스모스도 만나겠지요?
외로운 허수아비 옷자락을 여미고
먼 산천까지 오느라
젖 먹던 힘마저 다 썼을텐데
단풍이 소근대는 자장가소리 들으며
그리움 찾는 바람소리
가을산 문틈 새로 들어가네요
하룻밤 지나면 단풍 불러 모아
사랑을 불태우겠지요?
바람이 가는 가을 길 따라
누구라도 오세요
가을 손님 반겨주는 햇살의 미소 좀 보세요
사랑과 기쁨의 언어 아니고는
말문을 열 수가 없을 거예요
저것 보세요, 개도토리도
온몸을 굴리며 춤을 추고
지알밤도 가슴을 쫙 벌리며 노래하고
홍이 저절로 오른 가을산에
서로 서로 예쁘다고 뽐내는 모습
오색 단풍이 님의 꿈을 그리는 사랑이에요

꽃은 누구를 닮았을까

꽃은 누구를 닮아 이토록 예쁜 얼굴로 살까?
밤보다 낮이 더 어수선한 세상
날만 새면 사람들은 다른 얼굴로 변해 간다

해마다 때가 되면 피어나는 꽃
누구의 탓도 하지 않고 탐욕도 부리지 않고
운명이 정해 준 자리에서 서로서로 웃기만 한다

자연의 섭리일까? 창조주의 손길일까?
말없이 행동으로 보여주는 길
꽃들의 사랑을 어디서 배울까?

머리로 살 수 없는 세상 마음은 좁은데
느낌도 깨우침도 없는 사람들을 보며
꽃의 부모는 누구인지 궁금한 마음을 열어본다

가을비에 젖고 싶다

뭉게구름 속에서 꿈을 꾸는 가을비는
자연의 색깔 따라 물들이는 물감으로
햇살 머금고 살랑대는 바람의 붓이 되어
산천의 소원 단풍의 꿈을 그려간다

먹구름 속에 마음 숨긴 비바람
빨갛게 익어가는 예쁜 과일 얼굴에
때 이른 찬 서리로 심술을 내리지만
상처 받기 전에 사람의 손길에서 사랑을 받는다

풍요로운 들녘을 지켜왔던 허수아비
그저 행동으로 약속한 시간들
사람과 사람이라면 누구라도 배워야 할 진실
들풀과 들꽃 사이에서 가을비에 젖고 싶다

가을 속에서

가을이 되면 시린 가을이 되면
한 줄기 빛이 되어 그리운 사랑을 찾아가는지
사람들은 그 사실을 느껴봤나요?

먼 길을 찾아온 햇살 한 모금
향기 나는 내 누이처럼 예쁘고 곱게 분장하고
오는 세월을 맞이해 보세요

굽은 나뭇가지 맨 끝에 매달려
궂은 비바람을 맞아도 꿈꾸던 색깔로 물들어가는
단풍잎이 되어 보면 알아요

그대도 땅에 뿌리 내린 나무라고 했으니
이 가을에 사람들이 아름답다고 웃어주는
그 눈길 한 번 받아보세요

길 잃고 헤매는 비바람처럼
젖은 마음 내려놓고 가을산에서 불꽃 젖은 가을산에서
햇살의 눈을 맞추는 사랑을 만나 보세요

동백아 너는

동백아 너는 언제부터 오동도 품에서
구름 안고 필 때도 파도 품고 질 때도
어찌 그리 예쁘게 피어날 꿈을 꾸었느냐?

불길처럼 타오르는 단풍보다 더 빨간 사랑
좁은 가슴 품에 담기 어려워
눈보라 손을 잡고 겨울까지 왔느냐?

두 해 길에 누구도 닮지 않는
너의 독야홍홍 얼굴에는
오만 가지 사랑의 향기가 담겨 있다

동백아 너는 아무에게나 웃어 주는
봄날의 꽃이 되지 말고
하얀 눈꽃송이 절조 품은 세월의 꽃으로 피어나라

여수 사람 가슴 속에 요동치는 사랑을 불러
진실한 세상의 꿈을 저 파도 물결에 휘감아
계절마다 품어버리는 여왕이 되어다오

마지막 가을 잔치

노처녀 가슴 속을 파고드는 가을비
그리움인가? 눈물인가?
꿈속까지 젖어든 걸 보니
푸른 빛 짝을 찾아 물들어 간다

낙엽이 될 뻔한 메마른 가슴 안에
그대의 사랑이 필요했을까?
이제는 단풍이라 불러 달라며
행복한 얼굴 바람에 내밀어 준다

마지막 빗방울에 내려앉은 햇살
그녀의 눈빛 속에 눈을 감으면
별 하나 꿈 하나 산을 품고
못다 이룬 여인의 잔치 불을 지펴 타오른다

가을 나무야

나무야 나무야 가을 나무야
낙엽을 떠나 보내는 지금
너의 이름은 무엇이더냐
바람이 너를 부를 때마다
뼛속까지 스며드는 너의 목소리가 들렸다

때가 되면 버려야 할 무수한 꿈들
오래된 집착 구석구석 털어 버린 마음
외로움도 그리움도 허공에 두고
밤새도록 울어대는 구름보다 낫다며
늦가을 비를 온몸에 맞고 같이 울어 주누나

이별의 끝가지에 걸린 빛
안녕이라 말 못하는 마지막 잎새
연인보다 화려했던 몸 누굴 위해
세월의 길동무로 나서는 뒷모습
너의 한 해 나의 한 해 다시 길을 떠난다

낙엽은 누구일까요

낙엽은 몸으로 말합니다
오직 실천뿐이라고
단풍시절에도 사랑 하나 남김없이
불태운 산천의 빛나는 얼굴
세월이 그려준 사랑입니다

준비된 열린 귀는 맑고 밝습니다
바람이 부르면 어느새
서로서로 앞 다투어 마음을 내려놓고
새로운 삶의 길에서
수많은 생사의 이야기를 나눕니다

ı녀

따사로운 햇살로 얼굴 붉게 물들이고
봄날에 피는 꽃은 거짓말 향기
찬바람 맞고 하얀 눈송이 품은
겨울 동백은 진실한 사랑의 숨결

봄날 춘삼월 꽃 아가씨
동지섣달 시집가는 동백꽃 처녀
눈길 따라 꽃길 피어나는
꿈인지 생시인지 오동도 가요

찬바람도 빨간 동백 얼굴 앞에선
수줍어 돌아가는 설레는 가슴
사랑이 사는 전설의 이야기 좀 들어 봐요
먼 길 달려온 저 파도 좀 보세요

어머니 얼굴

세월의 길목마다 생명의 이야기
비바람 맞던 나뭇잎의 푸른 꿈
한 시절 숲을 이룬 엉켜진 생애

오솔길 따라 돌들의 침묵을 넘어
어제는 손님처럼 오늘은 주인처럼
삶의 보따리 짊어지고 여기까지 왔다

햇덩어리보다 더 뜨거웠던 삶
그리움이라 부르기에는 입이 열리지 않는
철 지난 인생 그림으로 그려간다

얼굴 예쁘고 마음도 부자였던 가을
빈 몸에 쌓인 그리운 낙엽 속에
사랑으로 사는 어머니의 얼굴이 보인다

꽃이 된 촛불

내 마음 속에 숨겨 놓은 하얀 눈물
오늘밤 불꽃으로 피어나는 얼굴
심지 바른 허리춤 똑바로 서서
사람들의 소망 담은 사랑으로
더러는 흔들리며
더러는 낮아지며
그래도 촛불 심지는
아우성이 부르는 시간 끝까지
나 이렇게 하나의 촛불로
깜깜한 세상의 빛으로 탈 때
별도 달도 불구경 한눈 팔지 않는다

민들레 촛불

바람 타고 모여든 민들레 홀씨
사람들의 하얀 몸뚱이에 집을 짓고
빨간 꽃 노란 꽃
별이 빛나는 깊은 밤

진실한 사랑 손에 손잡고
감추어진 시간을 태우며
별 동무 꽃 동무 되는 연인의 밤

여수 밤바다

사람의 눈빛
별빛을 품는 물결 따라
오동도 허리춤에 매달린 사랑의 꿈
겨울 찬바람도 버리지 않는
이별 없는 시간으로
여수 밤바다 가슴자락 물들인다

동백꽃 진실한 순정
봄산에 꽃피기 전
님의 풍경 바람처럼 그려지는 설렘
숨기지 않는 여수 밤바다 생명의 소리
하늘 아래 사람들 세월을 안고
세상을 합창한다

성탄절 기도

생명을 구원의 길로 인도해 주신 첫날
하늘 천국이 말구유에 임하신 성탄절
헐벗고 굶주린 목동과의 첫 인연
수천 년의 세월이 지났지만
아직도 벗지 못한 죄를 어찌 할까?
올해는 그 까닭을 알게 하소서
낮은 곳에 발이 되고
어두운 곳에 불이 되어
어려운 고통 속에서 웃을 수 있는
예수님을 만나게 하소서
헛된 부귀영화를 버리고
한 송이 꽃처럼 부러움이 없는
아름답게 가난한 마음을 담게 하소서
말구유 비움으로 허기진 등허리에
배부를 때 더 이상 젊어질 수 없는 욕망
배고플 때 가난을 넘치게 지고 갈 수 있는
사랑의 힘을 거리마다 시간마다 사람마다
훗날 십자가를 진
아기 예수님의 길을 닮아 살게 하소서
메리 크리스마스

동지 이야기

길고 깊은 동지 밤 그리움
찬바람 따돌린 눈송이
님들이 다 떠난 자리
기운 빠진 실가지에 내려앉는다

하늘을 사랑하는 얼굴
밤이 깊을수록 구름 속에서
임을 향한 그리움 애태우다
안절부절 새벽 달빛에 편지를 쓴다

사시사철 돌고 돌아왔지만
그래도 남겨 둔 동지 기운
동이 틀세라 밤새 소곤소곤
일 년 중 좋은 이야기만 찾아 들려준다

성탄절 사랑

사람으로 태어나 너와 나 사이
아름다운 인연의 자리를 만들어 준 세상
숨길 일 하나도 없는
거울 앞에 선 나를 바라보는 성탄절

아기 예수 보는 맑은 눈으로
내 마음을 열면 하늘이 보이고
소망의 꿈이 눈송이처럼
산천에 소복이 쌓이는 오늘 밤

고독에 떠는 메마른 나뭇가지에 함박눈 내려
따뜻한 손길로 사랑을 그리는 밤
크리스마스카드에 선물 놓고 가는
나는 행복한 산타가 되었다

삼천궁녀

고요한 백마강 허리춤에 여민 낙화암
구름도 바람의 손을 놓지 못한 세월
물결에 여울지며 삼천궁녀 얼굴 어루만진다

그날의 운명을 짊어진 무슨 사연이든
전설처럼 신화처럼 전해지는 이야기
소문 없는 역사 무엇이면 어떨까?

길가는 나그네 발길
누군들 기억하지 않아도
그 흔적 어디엔들 없겠는가?

세월과 사람 사이 일어난 일
마지막 백제의 자존심이었을까?
칼 찬 장군이 아닌 여인의 사랑이 역사가 되었을까?

부소산성 해를 품고 달을 품고
언제 한 번 떠난 적 없이 지금도 흘러가는 백마강
님들의 자취를 꿈꾸는 그리운 애달픔만 보인다.

동백꽃의 꿈

여수를 부르는 파도물결
세월보다 먼 길 그리도 와서
어머니 붉은 사랑의 이야기
오동도 동백꽃 옆에
맑은 거울 두르고 비춰진 거울인가?
갈매기 사연 싣고
뱃고동 구름 위에 오르면
전라선 기차소리 바람 따라
사람들 삶의 발길 덩달아 싣고
꿈 많은 동백꽃처럼 가슴 설렌다

세월 길에서

한해의 마지막 길이 눈앞에 있다
누구와의 이별인가?
물어볼 수 없는 아쉬운 시간들
자연을 창조하는 세월이 간다

얼굴에 추억의 나이테를 그려준 너
한 해 동안 장님의 눈으로
탐욕을 채우려 발버둥쳤던 지난 시간들
찬바람에 걸린 실가지처럼 아프구나

다시 맞이하는 세월의 손님
산 넘어온 저 찬란한 눈빛
해처럼 밝게 보고 달처럼 맑게 보는 눈으로
그 씨앗 일 년 또 일 년 너와 같이 길을 찾아 나선다

새해 꽃씨처럼

하얀 구름도 날고 맑은 바람도 불고
푸른 파도도 자유롭게 넘실댄다
새해는 산에서도 하늘에서도 바다에서도
오지 않고
새해는 내 마음에서 온다

꿈속에서 깨어난 새벽처럼
내가 새로워지지 않으면
세월의 선물 새해도 내 것이 아니다
하늘을 우러러보는 나무처럼 서 있지 마라
겨울 찬 바닥에서 꽃씨처럼 꿈을 꿔라
일월의 영원한 길
우리는 삶을 동행하는 사람들이다

따뜻한 가슴에 별 하나 따서
새해 첫날에 꽃이 행복해 하는
봄산의 가슴처럼 펼쳐놓고
인생이 행복해 하는 길
정유년의 꿈을 편지로 쓰자
엄마 손잡고 이름 석자 써가는
어릴 적 나의 손길로 착하게 살자

꿈처럼 새해가 왔는가

하얀 눈꽃송이 나뭇가지마다 지붕마다
새해 꿈처럼 내 가슴에도 열렸어요
붉은 햇덩어리 찬란한 여명
거리마다 쏟아지는 소망처럼
아침 같은 삶의 꿈으로 피어나겠습니다

산천 꼭대기에 우뚝 선 푸른 소나무
우직한 바위 품고 만년 청춘세월
낮에는 부지런한 해를 따라
밤에는 고요한 달을 품고
평화로운 삶의 손짓이 되어 나를 부르겠습니다

구름이 가고 바람이 가는 길처럼
세상 속에 영원한 사랑을 찾아
수수께끼 풀어 가는 인생길
뒤돌아보지 않는 새의 눈빛으로
내 안에 날개 달고 자유롭게 살아가겠습니다

비소리 사랑

비 오는 날
하늘이 보이지 않는다
비와 헤어질려니 마음이 아파
세상 사람들에게
슬픈 얼굴 보이지 않으려나 보다
하늘같은 자존심
그 자존심을 지켜주고 싶다
이렇게 비까지 내려주는데
얼마나 고마운가
그냥 비를 맞으며 상상하련다
하늘이 슬프니 땅에는 기쁨이라
땅바닥을 두드리는 이 빗줄기소리
나의 가슴에 사랑으로 들린다

제2부

백성의 이름으로

조선 천지간에
왜적들의 검은 발소리
어둠처럼 밀려오는 나날
먹구름 속에 하얀 달빛
꿈속에 매달린 이슬방울
어머니 얼굴처럼 들꽃에 내려앉는다
논밭에 씨 뿌리는 봄날의 꿈으로
여수 앞바다 거북선 발이 되고 손이 되어
귀 밑까지 들려오는 화살의 울음
한려수도 바람이 휘몰아칠 때
파도의 요동소리
백성의 이름으로 백성을 불러보는
님이여 이순신이여
민족이여 조국이여

역사

역사는 비에 젖고 바람에 부대끼며
깨진 거울처럼 찢어진 종이처럼
발에 밟힌 잡초처럼 갈라진 땅처럼
사람과 사람이 움켜쥔 탐욕 속에서
아픔과 슬픔을 두른 상처투성이로 온다

시간 사이를 뚫고 내려온
햇살이 내리면 꽃잎도 피어나고
잎새도 단풍도 낙엽도
다시 쓰는 깨끗한 자리 하얀 눈 속에서
더 좋은 꿈을 꾸며 봄날을 만난다

그렇게 계절처럼 돌고 도는 역사
그 역사의 길목에서 나는 무엇을 돌볼 것인가?
어느 계절에 나의 존재는 무엇이었을까?
어느 날이든 자유의 노래를 부르는 눈과 입과 귀가 될 때
짐승의 울부짖음 자연 바람 속에 흔적 없이 사라진다

백성이 조선이다

폭풍에 떨어져 나간 꽃잎처럼
조선의 숨통을 조여온 절망의 역사
봄은 왔으나 봄비만 내리는 땅
고을마다 슬픈 통곡소리
산천에 바람처럼 밀려오는데

백성들의 통곡소리
심장에 담은 충무공 이순신
조각난 얼음판 같은
조선의 벼랑 끝 운명을 품고
백의종군을 말하셨나이까?

들새도 산새도 물새도
온 산천의 풀잎까지도 숨죽이던
한산대첩 명량해전 노량대첩
백전불패의 근원은 만백성 기운 서린 여수에서

조선의 꿈을 이룬 거북선 왕도 아니요 정치도 아니요
오직 백성이 조선이라는 구국의 마음
여수 앞바다에 어머니 생명처럼 펼쳐
불멸의 파도처럼 밀고 나갔나이다

가을 동화시간

세월 바람이 부네요
그리움도 따라 부네요
잠시 일손도 쉬게 하고
가을 동화 부르며 커피 한 잔 해요

오늘같이 그대가 보고 싶을 때
나의 생각 속에서
사랑이 걸어나오고 있어요
가을 향기처럼 어쩔 수 없나 봐요

이순신의 길

이 땅 위에
또 하나의 하늘이 된 백성이여
조선을 살리라는 생명의 명령

상유십이 미신불사尙有十二 微臣不死
"신에게는 아직 12척의 배가 있고
미천한 신도 아직 살아있습니다"

해신 충무공 거북선 12척으로
왜선 133척을 무찌른 일출 같은 불꽃이여

명량대첩 천지의 지략 정신
달빛 품은 바닷길 여는 눈동자
무엇이든 못 이루랴

백성의 애국이 전략이라
조선의 이름이 승리라
영원한 역사의 큰 길

여수의 꽃

눈은 내려 바다를 품고
비가 내려 바다를 적신다
사람들의 눈동자 햇살처럼 쏟아지고
별들의 이야기 동백처럼 피어날 때
사랑할 준비가 되었다고 노래하는 갈매기
이 바다에 누워 꿈을 펼치며
님의 가슴에 기도하는 자리
하늘의 편지 우표처럼
영원을 약속하는 인연이 된 역사
여수 바다의 섬 섬 섬
꽃이 되어 내게로 온다

밤바다의 노래

세월 실은 여수 밤바다 조각배
오동도 머리 위에
댕기처럼 날리는 구름결을 돛대 달고
추억의 그리움으로 노젓는
사연 하나하나 꿈속의 별꽃처럼 피어난다

저 하얀 파도 물결 어디서 살다 왔을까?
내가 바라본 사연을 금세 알아채고
눈치 빠른 착한 바다
텅 빈 공간을 내 거친 손 대신 달래준다

이제는 바다 닮은 숨 쉬는 맑은 영혼
누구라도 인생길 삶의 손님으로 맞이한
바다가 부르는 노래처럼
영원한 역사의 너른 품을 안겨주고 싶다

내 마음을 찾아

커피를 봅니다
커피는 속과 겉이 똑 같은 색깔입니다
연인의 애달픈 사연을 담다 보니
속이 시커멓게 타버렸을까요?
지금 내 속과 같은 색깔입니다

그래도 커피는 물을 더 타면
쓰린 가슴 색깔이 연하게 변해지고
설탕을 넣으면 단맛이 나지만
시커멓게 타버린 내 마음에는
무엇을 넣어야 마음을 씻을 수 있을까요?

단맛 나는 설탕이 될까요?
깨끗한 물일까요?
이것도 저것도 아닌 것 같을 때
약보다 더 좋은 시향이 구름처럼 떠오릅니다
우표 없는 오래된 님의 편지가 찾아옵니다

동백은 일찍이 꽃피네

세월도 아파 그냥 놓고 갔던
동백꽃 붉게 타는 가슴 뉘라서 알겠는가?
겨울 찬바람 푸르게 감은 몸
파도소리 불러 모아
세상 사람 들으라 외치는 사연
바람처럼 울부짖던 세월은 가고 없지만
동백은 아버지 어머니 역사처럼 남아
순백의 눈송이 그날이나 오늘이나
꿈꾸는 사람들의 마음인 양
그 겨울에도 동백의 머리 위에 내리고
이 봄에도 동백은 일찍이 꽃피네

이 땅의 여수

여수는 이순신이 섰던 자리
어디든 찾아가는 발
저 먼 바다를 가장 먼저 바라보는 눈
민족의 파도처럼 부지런한 몸
하늘에 별빛처럼 반짝이고
이 땅에 꽃같이 향기로운 얼굴
약무호남시무국가若無湖南是無國家
"호남이 없었으면 어찌 조선이 있었겠는가?"
조선을 지키는 애국의 아침 여수
이 땅의 주인이고자
현대사를 출발시킨 여순의 아우성
바다의 파도 같은 나라의 숨결이어라

연락선

통통배야 누구를 부르느냐?
부둣가에 님의 얼굴 보이지 않느냐?
그렇게 떠날 시간마다
깊은 가슴 두드리며
목 놓아 울며 어디를 가느냐?
꼭 가야만 하는 일이냐?
파도가 손짓하고 바람이 밀어대는
그 곳이 어디드냐?
네 설움 내 설움 덩달아 울어대는
갈매기 울음소리 멀어질 때까지
너 따라 나서다 걸음 멈춘 등대불
연락선 다시 돌아올 때까지 신앙처럼 서 있다

시간의 행복

누구에게나 똑 같이 주어진 시간
봄 여름 가을 겨울 언제나 시작만 있습니다
그리고 또 다시
세월의 징검다리를 건너갑니다
추울 때도 더울 때도
눈비가 오고 바람이 불어도
꿈처럼 막히지 않습니다
산이 높고 강이 길어도 머뭇거리지 않습니다
나는 이제 거짓 없는 시간처럼 진실만을 가지고
없으면 없는 대로 있으면 있는 대로
내 마음 푸른 초장에
사계절 들꽃 하나 심어 놓겠습니다
시냇물처럼 바람처럼
사이좋게 너른 들판을 걷겠습니다

눈물로 핀 촛불

기뻐서 흘린 눈물
반가워서 흘린 눈물
슬퍼서 흘린 눈물
괴로워서 흘린 눈물
눈물의 색깔
눈물의 언어
불꽃은 오르고
눈물은 내리고
촛불아 너는
내 손에 뿌리 내린 씨앗
별보다 밝은 사랑
꽃보다 고운 향기
붉게 타는 뜨거운 가슴
눈물로 핀 촛불아
너는 스스로 내 몸이 되어
스스로 꽃이 되고
스스로 내 눈물이 되어
인간의 갈등과 반목의 구원을 청하는 길
신이 내게로 와서 공존하는 물아일체

보름달의 노래

오늘밤 정월대보름
나는 달님을 보며 그림을 그립니다
모든 소원을 다 들어줄 것 같은
노란 눈빛과 하얀 살결을 가진
둥글둥글한 어머니 얼굴 같습니다

세월의 문가에 달린 바람
삶의 옛 이야기를 들려주며
사철 내내 무병장수를 부르는 날
불꽃으로 어둠을 태우는 하늘 길 아래
우물에 잠긴 달빛을 떠 마시는 밤입니다

내 마음을 꺼내어 불깡통 삼아
하늘 향해 세상을 돌립니다
일 년의 달력을 연처럼 날리며
오곡밥 나물에 삶을 축복할 시간을 불러 모아
소망의 꽃을 피우는 행복한 달밤의 노래를 부릅니다

세상에서 가장 긴 소풍 길

사랑해서 헤어지는가? 얼마나 사랑했으면
개나리 진달래보다 그렇게 일찍이
아침 햇살 떠올라 꽃잎에 내려앉기 전
이별을 부리지 못한 사랑을 하고 있네

그림자같이 따라다니는 차마 이별할 수 없는 내 사랑
아이야 너는 지금 어디서
엄마 아빠를 언니 오빠 동생 친구들을 잃고 사니?
아직도 그 소풍 길을 가고 있니 오고 있니?

아니면 하늘에 별들과 놀고 있니?
흘러가는 물처럼 울어보고 말없는 꽃처럼 웃어보고
고요한 돌처럼 생각을 잊은 시간이 얼마나 지나야
그 향기 다시 날아올 수 있겠니?

지금도 산천에 예쁜 꽃들이
꽃망울을 떨구는 것은 비바람이 아니다
밤새 이슬방울처럼 눈물이 흐른다고
바다에 젖은 너의 슬픈 몸 누가 알까?
국화꽃 송이송이로 어찌 바꿀 수 있을까?
이리 오너라 울음이 된 바람처럼 엄마 숨결에 안겨라

길 위에 날씨

비바람이 불지 않는 길은 길이 아니다
눈보라 찬서리를 맞지 않는 길은 길이 아니다
햇살이 쏟아지지 않는 길은 길이 아니다
하늘 구름도 보이고 초원 강물도 보이고
들꽃도 들풀도 보이는 길
작은 돌 큰 돌 흙바닥에서 뒹구는 길
기뻐서 우는 눈물도 눈물
슬퍼서 우는 눈물도 눈물
괴롭고 외로워서 우는 눈물도 눈물이다
그 길에 내 발길
무거울 때도 가벼울 때도
젖을 때도 마를 때도 간다
날씨와 같은 인생길 어찌 하리

엄마 가슴에 피는 꽃

철따라 피어나는 들꽃
이 봄에도 피었을까?
이어지지 않는 이야기

바람이 불면 들려오는 목소리
눈이 내리면 네 마음 그려지려나
꽃이 피면 비가 오면 보이려나

세상의 달력 따라 봄날은 오고 가지만
꽃 핀다고 봄이더냐?
꽃 진다고 봄이 가겠느냐?

4월 16일 오도가도 못하는 시간
엄마 가슴에 피는 꽃
꿈에도 생시에도 봄이 머물러 있다

하얀 종소리 울리는 대설

소문도 없이 약속을 잘 지키는 대설
첫 사랑 순결처럼 내리는 그리움일까?
눈은 노래를 하는지 춤을 추는 건지 웃는 건지?
나도 덩달아 설레며 눈이 되는 몸
어린 동화도 만들고 소녀의 가슴도 만든다
눈은 그렇게 세월을 보다 사랑을 꿈꾼다

눈 내리는 날 하늘의 울림을 듣고
세상의 풍경을 보고 기도를 하라
안 좋은 지난 일들 검게 물들여진 탐욕들
눈길을 걸으며 하얗게 다 덮어 버리고
죄를 씻는 하얀 종소리를 쌓아 올리며
새날을 맞는 아씨처럼 설날을 맞는다

어머니와 설날

설날은 세월이 가져다 준 게 아니라
어머니의 손에서 빚어진다
어머니의 얼굴에는 해도 살고 달도 산다
낮에는 떡방아 찧는 소리 까치 우는 소리
섣달 그믐날
밤에는 눈 오는 소리 가래떡 써는 소리
나는 꿈속에서 하늘의 별을 따서
내 동생 색동옷에 달아주고
어머니가 만들어 준
내 나라 내 동생 나라
연이 빠른가 바람이 빠른가?
세월이 빠른가 내 나이가 빠른가?
하늘에서 달리기하는 아우성
그날의 꿈을 모아 동무들의 이야기가 부른다
일 년의 소망 모아 어머니의 사랑이 빌어준다

꿈꾸는 꽃 이야기

아침부터 기분이 좋다
어젯밤 꿈이 자꾸 생각난다
입춘을 지낸 꽃씨들이
꽃단장하는 광경을 보았다
어떤 꽃씨는 붉은 매화꽃으로
어떤 꽃은 노오란 산수유꽃으로 꽃단장을 하고 있었다
꼭 선보러 가는 꽃처녀 같았다
그 옆에는 시집 갈 언니 누나를 바라보는
개나리 진달래꽃 눈망울 아장아장 이슬을 만든다
그리고 겨울 동백은 사랑의 경험자답게
일찌감치 나들이 나설 채비를 마치고
봄처녀 얼굴처럼 붉은 향기가 풍겨 나오고 있었다

봄인가 봅니다

바람 옆에 조그마한 귓속말처럼
나뭇가지에 맺힌 이슬처럼 봄비가 땅을 적시고
내 마음에 그리움으로 다가선 것은
해맑은 시냇물 졸졸졸 꽃 이야기 입 다물 줄 모릅니다

눈처럼 하얀 마음으로 내리는 봄비
우산도 없이 무작정 꽃님을 마중 나가는 길
오랜 시간 꿈을 그리던 나만의 공간을
그 사람의 모습처럼 숨겨둔 자리라고 말합니다

봄비로 땅이 속삭일 때마다
사랑을 찾은 내 마음처럼 따뜻하게 부풀어져
봄을 부르는 소리 하루 종일 묻고 물으며
내 영혼 깊은 잠까지 들려오는 봄인가 봅니다

꽃보다 들꽃

들꽃은 착한 것인가 부족한 것인가?
세상 사람들의 눈에 띌까 말까?
불품 없는 작은 모습이라 비웃더냐?
한 걸음 한 걸음 멈추고 가만히 보아야
내 눈과 마주치는 네 얼굴 속에
사랑이 아름다운 꽃인가를 알게 한다
높은 산천을 봐도
너보다 예쁜 꽃이 어디 있으랴
바람 속에 조용히 조용히 그리운 이야기가 들린다

여수 동백꽃

봄꽃보다 먼저 핀 동백꽃
봄산보다 먼저 깬 오동도
사랑이 모인다
사람들과 잘 어울리는 여수 오동도

봄을 깨운다

겨울에 사랑을 팔지 않았던 매화 향기
가지 끝에 매달린 바람소리 들리지 않으세요?
어서어서 일어나세요
애기 봄처녀 산 넘어오고 있대요
아직 잠에서 깨어나지 않은 애기 총각
찬바람으로 얼굴 씻은 잎새처럼 정신 번쩍 듭니다

겨울은 아직 자리 털고 일어서지 않았는데
꽃씨들의 이야기가 비몽사몽 들려옵니다
사람들은 그대 얼굴이 보이지 않는다고 하지만
내 눈에는 아지랑이 그림자도 보이고
새근새근거리는 숨소리도 들려오네요
입춘은 아름다운 사람들이 마음으로 먼저 느끼는 봄입니다

별들이 화가 났다

땅으로 내려온 별
손에 손잡고
민심의 꽃으로 피어난다
하늘에서 보기가 안타까워
별이 촛불이 되는 세상판을 이룬다
견디기 힘든 뜨거움도
성스러운 하얀 눈물로 씻어낸다

제3부

눈길에 발자국

하얀 눈 위를 걷고 있어요
한 걸음 한 걸음
내 발자국 벗어나지 않고
뒤 따라 오는 발길 누구일까?
나는 앞걸음
그대는 뒷걸음
떨어질 수 없는 눈길에 흔적

사랑의 난로

가슴에 불을 지피는 난로
얼마나 뜨거울까?
누구를 위한 것일까?
하얗게 늙어 버린 머리처럼
한숨을 푹푹 품어내며
한 번 놓인 그 자리
꼼짝없는 몸가짐을 보니
어머니 사랑
내 몸에 뜨겁게 흐른다

홍시

까치가 남기고 간
감나무 홍시
저렇게 붉게 달아 오른
사랑이 있을까?
달콤한 이야기
언제 내 몸에 안길까?
나는 저 사랑을 받기 위해
눈 빠지게 바라보며
그리움을 펼쳐놓는다

사랑의 힘

써도써도 닳아지지 않는 배터리
그대 그리운 생각
저절로 생기는 사랑의 힘
왜 진작 못 만들었을까?

은행 앞에서

길을 가다
은행 앞에서
걸음을 멈춘다
은행을 털지도 않았는데
이렇게 많은 황금빛이
거리마다 수북수북 쌓여 있다
바람이 나누어 가는
뒷모습을 바라본다
내 마음도 비워진다

사랑의 울림

날 사랑하는 마음이 얼마나 큰지
그대 마음 속에 외쳤지요
아직도 대답 없어
가슴이 두근거리고 있는 걸 보니
지금도 내 목소리
메아리처럼 울려 가고 있나 봅니다

어떻게 살까

바람에 떨어지는
꽃처럼 살까?
바람에 꺾이지 않는 풀잎처럼 살까?
그것이 문제로다

무겁다

일 일 일
돈 돈 돈
일과 돈뿐인 길
발걸음이 들썩인다
세상도 들썩인다
저 많은 숫자들
무겁지 않을까?
숫자는 무조건 돈이니
이고 지고 메고 가다 죽어도 좋단 말인가?
세상에 사람으로 나서
어쩌면 좋을까?

바쁜 나

아침부터 나를 살랑살랑 따라나선 바람
아까부터 눈에 보이지 않아 뒤돌아보니
저 언덕 넘지 못하고 주저앉아 있다

내 숨소리 아직도 푸른 산 메아리처럼
지칠 줄 모르고 행복 찾아 헤맨다
바람도 조용히 힘들어 쉬고 있는데

바다의 편지를 받고 싶다

파도야 웃는 거냐? 우는 거냐?
파도야 춤추는 거냐? 몸부림이냐?
이래도 좋고 저래도 좋다
네가 숨 쉬는 고요한 편지를 받고 싶다

나의 딱딱한 이성을 부숴버린 물방울
바다로 달려온 바람 타는 갈매기처럼
나의 감성의 잠을 깨워준 달빛 안고
헤엄치는 고기처럼 그대 가슴 속에서 살고 싶다

낙엽이라 부른다

겉과 속을 똑같이 비운
마른 나뭇잎을 보라
푸른 이파리 단풍 이파리
한때는 인연이라 한때는 사연이라
사랑을 내려놓고
끝내 낙엽으로 가는 길
운명까지도
그 곳에 더 비울 구석도 없이
살아서도 사랑이요
죽어서도 사랑이니
사람들이 어찌 너처럼
처음 먹은 깨끗한 마음
끝까지 약속할 수 있을까?
그래서 너를 사랑의 마지막 이름
낙엽이라 부른다

일 년처럼

단풍을 기다린 세월도 일 년
단풍을 물들인 세월도 일 년
바람에 날리는 낙엽이 말하네요

나는 기다린 세월
그대는 물들인 세월
우리 사이 또 다시
새롭게 일 년

꽃 같은 삶

나처럼 꽃처럼
사람 마음에
꽃씨 하나 묻고 기다리면
누군가 떠오른다
세월 따라
내 마음 속에 피고 진 꽃들
그 꽃 한 송이 어디 있을까?
바쁘다 바쁘다는 인생
비바람보다 빠르고 강하다
그 속에 꽃씨 하나 피워낸다

기다리는 빈 의자

공원의 빈 의자
낙엽이 먼저 앉지만
내 가슴의 빈 의자
누가 앉으면 잘 어울릴까?
그리움으로 쓸고 닦으며
사랑으로 색칠해 놓고
그대가 앉을 날을 기다리는 설렘
날마다 꿈을 꾸는 내 의자
사랑은 기다리는 맛

꽃은 너다

꽃 어디를 봐도 너다
꽃 아무리 봐도 너다
얼굴을 봐도
향기를 봐도
눈을 감아도 너고
눈을 떠도 너다
너를 부르면 꽃들이 웃는다

회춘

앞 다투어 도착하는 은밀한 세월의 향기
꽃들도 설레설레 고개를 내밀며
바람이 지나가는 사색의 손에
영원한 사랑을 그리는 봄날의 편지를 쓴다

달빛도 눈가에 이슬 맺힌 어둠 속에
푸른 하늘 은하수 짝사랑 눈짓을 보내고
밤새 꿈속에서 만난 님의 얼굴
구름마다 햇살을 품고 산허리를 잡는다

소담한 꽃 그림자 눈앞에 서성이며
아지랑이 손을 잡고 언덕바지 올라
나물 캐는 연분홍 치맛자락 무늬
그 시절로 회춘하는 소녀의 얼굴을 그린다

꽃아 피어나라

꽃아 어느 세월을 살다 왔느냐?
꽃들만 사는 땅이 어디 있었더냐?
무슨 소원으로 햇빛 따라 달빛 따라 사람들 앞에
웃음의 언어가 된 사연 여기 피어났느냐?

바람도 거니는 봄산의 얼굴로 구름도 내리는 자연의 꿈으로
세상길 모두 모두 차별 없이 인연 맺고
사람에게 행복한 꿈을 안긴 꽃씨가 아니더냐?
내 마음 푸른 잎에 매달린 이름 하나 나를 본다

저 고운 꽃빛이 그려낸 생명의 향기
비에 젖은 꽃잎 눈물이라 말할 수 없고
바람에 흔들리는 꽃잎 사람의 몸짓이니
꽃이 피는 날 우리 어머니 사랑이 보인다

철 따라 오는 길 곁눈질 한 번 하지 않고
고요한 꽃 속에 사랑의 신앙이 보이는 약속
바람아 아름답다 하지 말고 멈추어라
세월을 그리는 꽃처럼 사람아 사람아
꽃을 닮아 피어나라 꽃아 피어나라

여수로 소풍 오는 길

자연이 일러준 길 따라오면
사람의 마음이 징검다리처럼 한 발 한 발 내려놓은 길
햇살이 비춰주는 눈길 따라
달빛이 밝혀주는 얼굴 따라
세월의 꿈이 피어나는 여수가 보입니다

꽃도 웃고 사람도 웃고
사계절 시간과 시간이 손을 잡고 오고 가는 길
인생사 구구절절 책처럼 펼쳐지고
삶의 희로애락 벽에 걸린 사진처럼
인생 추억 오래오래 거울 속에 나를 바라볼 수 있습니다

꿈의 노래 희망의 노래 젊음의 노래
자연을 닮은 아름다운 노래를 부르는 여수
그 소망 섬섬이 간직해 주는 약속이 숨 쉬는 자리
갈매기 노랫가락 파도의 춤자락 밤낮으로 어울리는 광경
사계절 동백아가씨 혼인처럼 잔치하는 날입니다

소풍 와서 보물 찾는 순간마다
두근거리는 동심의 마음에 동화가 그려지는 시간
세상의 선물이 님의 편지처럼 설레는 여수에서
영원한 사랑을 찾아 삶의 행복을 찾아
아름다운 세월을 담아갈 인생 소풍 오세요

안중근 의사여 역사의 꽃이여

이날까지 산천초목도 울었나이다
밤마다 민족이 잠들 때
어둠 속에 이슬로 내린 눈물이여
먹구름 속에 천둥도 울었나이다

그 비에 젖고 젖어
이 땅의 잡초들이 살고 있나이다
"역사를 외면한 민족은 그 역사를 되풀이하고
과거를 망각한 민족은 미래가 없다" 고 했거늘

아직도 이 땅에는 친일과 독재의 잔재들이
독버섯처럼 기생하고 있나이다
독립 운동가님들이 독립을 외치며
생명의 날개로 삼았던 태극기를 들고
사악하고 추악함에 악용하고 있나이다

오늘 이 땅에는 달콤한 발렌타인데이라는
서구의 기일을 문화로 즐기며
조국의 님들과 안중근 의사님이 남긴
민족의 꽃 역사의 향기를 풍기고 있나이다

오월의 노래

해마다 떨어진 꽃잎 때가 되면 다시 피건만
님이 잠든 그곳은 광주의 계절하고 다르나요?
이 산천에 풀잎들도 저렇게 생명을 부르짖는데
임의 향기 영원 만리 얼마나 멀리 날아갔으면
금남로 돌아오는 길이 어찌 이리도 멀까요?

나그네 발길이라도 못 오실 사연
그 곳도 탱크와 총칼이 막고 있나요?
군홧발이 짓밟고 있나요?
세월도 가는 길을 멈추고 노래하는 오월
살아 있는 자 몫을 다 못하는 대한민국
님들의 고귀한 숨결을 보듬고 그 사랑은 목메입니다

세월보다 긴 역사의 꽃으로
영원히 피어나는 님들의 얼굴
하늘 저편에 말없는 아우성 비가 되고 바람이 되어
부르지 못하게 하는 임을 위한 행진곡을
이 산 저 산 메아리로 울리도록
그 날의 입을 모아 힘차게 불러봅니다

소녀상

하얀나비 노랑나비 동무삼아 춤을 추는 나이
떨어진 꽃잎마다 서린 애환
나비가 날개를 접고 길을 잃는다

이파리에 매달린 이슬방울 누구의 눈물인가?
꿈속에서라도 꽃향기 따라 날아가면
길 위에 흔적 없는 그 소녀의 얼굴이 보일까?

어머니 아버지 눈물 겨울비에 젖은 채 봄날은 가는데
장독대 옆에 피어난 봉숭아 꽃잎 누구의 손에 물들일까?
울타리에 올라 그 소녀 기다리는 나팔꽃 고개가 무겁구나

어두운 일본 그림자 속에 멈춰 버린 세월
감나무 가지에 까치가 울어대면
방문도 반가워 문을 열고 새래문도 놀라서 골목을 내다보았다

신작로 길에 바람길 늘어놓고
시냇가에 구름길 펼쳐 놓고
노을처럼 피려나 달꽃처럼 비추려나?

얼마나 별을 세어 봐야 오려나?
말을 잃은 꽃 한 송이 여기서 피어날 수 있을까?
나비야 날아라 꽃아 피어나라 소녀야 웃어라

폭포 영혼의 숨결

자연이 설레는 그리움
물 한 방울의 숨결
생명을 깨우는 기운이라
영혼의 구슬로 영원한 상상을 이룬다

몸을 던진 절망 끝에
찬란히 피어나는 무지개 꿈
이 노랫소리 이 울림소리
이 비명소리 이 웃음소리가 들리는가?

산천을 흔들고 세월을 울리고
사람을 깨우고 사랑을 품어내고
세상을 열망으로 희망으로
산산이 부서져서 새로운 탄생을 이룬다

더 생생하게 더 영롱하게
아득히 찬란한 감탄의 언어
누가 신비로운 폭포의 울림을 이기겠는가?
심연의 감상으로 보아라 사람아!

부모

하늘 아래 땅 위에
내 어머니
내 아버지
지금은
달 하나 해 하나
내 마음에 떠 있다

꽃은 웃는다

꽃씨 하나 얻으려고
해도 달도 품었고
비바람 맞고 눈보라에 젖으며 천둥에 놀랬어도
그래도 웃는다

사람은 욕심에게 줄
돈 버는 일에 일 년을 바쳤다
그래도 운다

봄산 봄꽃

내 몸이 앉은 자리
봄이 와요 봄이 와요
내 마음 펼친 곳에
꽃이 펴요 꽃이 펴요
나는 봄산이라 부르고
그대를 봄꽃이라고 부르면
생각만 해도 늘 웃음이 나오고
보기만 해도 늘 행복한 사랑이겠죠?

꽃과 돈

세상살이 탐욕을 부리며 살기에는
주어진 세월이 아깝다
짐승도 배가 부르면
아무리 맛있는 고기라도 쳐다보지도 않는다
꽃은 봄날을 꿈꾸고
사람은 돈을 꿈꾸고
꽃향기가 진동하는 봄이 좋을까?
돈 냄새가 진동하는 사람이 좋을까?
봄도 돌고 돌고
돈도 돌고 도는데

제4부

영에서 시작한다

세상에 아무것도 아닌 일은 하나도 없다
세상에 하찮은 사물이란 하나도 없다
모든 숫자는 1에서 아니 0에서 시작한다
헌법 책을 보아라
1조 1항부터 출발이다
대한민국 국정 농단
그 자들 때문에 일어났다
아무것도 아닌 일일까?
이제 겨울 눈덩이도 녹아내리고 있다
북한산 돌더미는 부끄러운 줄 모르고 있다
촛불이 내게로 온 민심 덩이는
하늘에 올라 은하수를 이루고 있다
3월의 봄꽃들이
이 산 저 들에서 꽃필 무렵
나도 꽃이 되어 웃겠지?

봄과 꽃 그리고 사랑

봄길을 여는 꽃처럼
꽃길을 내는 봄산처럼
그리움 일 년
기다림도 일 년
영원한 첫사랑 약속
봄은 꽃이요
꽃은 봄이니

봄 선물

봄날 가는 좋은 생명의 비가 내립니다
사랑을 알리는 우수랍니다
꽃씨 아가씨 머리 위에
방울방울 내려준 은구슬
하늘나라 선녀들이 전해 준 선물입니다
산길도 들길도 어둠 속에 이슬방울 손잡고
울타리 너머 언덕 너머
짝사랑 숨결처럼 내리는 고운 이슬비
바람 속에 얼굴 숨기고
소리 없이 봄길을 닦아주는 보슬비
우수는 진실한 약속으로
봄날의 그리움을 일러줍니다
그대가 부드러운 봄소리라면
나는 그대 따라 춤을 추는 꽃이랍니다

우산 없는 우수

작년에 봄을 따라 떠나갔던 봄비
잊지 않고 봄을 찾아 우수가 되어 왔다
저 봄비에 젖은 꽃씨 풀씨 얼마나 좋을까?
이 봄비가 그치고 나면?
매화 꽃 봉오리 향기 풍기며
내 누이동생 뽀얀 볼처럼 피어나겠지?
사랑이 꽃이 되고 꽃이 봄이 되는 길
우산이 없는 봄길에 이슬비가 내린다

매화가 피면

매화야 너의 뿌리 깊은 인연
세월이 머물 곳을 찾아
먼 길 돌아온 꽃잎마다
어여쁜 얼굴 봄이 여기 품는다

해마다 첫사랑 꽃잎 속에 피어나는 봄
찬 서리 흰 눈발까지도 따돌리고
이별도 슬픔도 철새가 지나간 자리 나비가 날고
갈 곳 없는 바람도 너를 만난 봄이 되더라

우수가 내려준 빗방울을 적시면
스스로 이름 짓는 사랑이 되어
나는 너에게 무엇이 되고 싶어
향기 나는 너의 눈빛으로 편지를 쓴다

도토리 같은 인생

도토리 키재기
바람에 떨어지고
세월이 끌어내린다
나뭇가지에서 좀 늦게 떨어지고
일찍 떨어진 차이 정도다
땅바닥을 헤맨다
용케 다람쥐 밥이 안 된 도토리
더 비참하게 썩어서 흙이 된다
그렇게 큰 도토리
작은 도토리 살아남지 않는다
사람들아 삶을 갖고 따지지 마라
모두가 도토리 같은 인생이다

나의 매화

아무 곳에서나 필 수 없어
내 마음부터 피었나요?
꽃이라 부를 수 없어
봄날에 님이라 부른답니다

사람들 마음을 흔들어 버린 향기
산천도 그리움의 자리 펼쳐 놓고
스스로 터져 버린 봄날이 되어
나의 사랑을 부르는 매화입니다

세월의 노래

내 인생에 힘은 어디서 와서 무엇을 위해
삶의 고뇌 속에서 영원한 사랑을 찾아가는지
멈춤 없는 걸음 벙어리 그림자 애만 태우다
낮에는 햇길 따라 부리나케 달리고
밤에는 달길 따라 영혼 없는 구름처럼
무언의 상상을 그려놓은 세월의 꿈을 그린다

세상보다 큰마음을 짊어지고
하루 한날 별이 쏟아지는 행복을 양껏 채워도
숱한 사람 마음 사이사이에는
들꽃 하나 섭리할 계절의 미학이 없고
깨진 물그릇에 장님이 붓는 진주빛 이슬처럼
햇살의 눈빛 속에 사라지는 영화가 아니던가

세월 실은 갈바람 발길에 고개 숙이고
인생 품은 올바람 한들거리며 손짓에 걸리면
이 가을 키 큰 코스모스 길목에서
푸른 잎새 늙어가는 잡초 뿌리 수고처럼
어머니의 마음 담고 아버지의 생각 닮은
허수아비 입이 되어 세월 바람 사랑의 노래를 부른다

사람들의 노래

산천아 들판아 냇물아 강물아
이 땅의 모든 이름이여 생명이여
얼마나 부르고 싶었던 이름인가?
이제는 바람처럼 너의 이름 밤낮으로 부르고 부르며
꿈에는 그리움 생시에는 사랑이 되겠다

광복의 입술로
민족의 가슴으로
저 햇살의 뜨거운 눈동자로
저 달빛의 환한 얼굴로
아버지의 생각으로 어머니의 마음으로

한 걸음 한 걸음마다 바람보다 가볍다
귓가에 들리는 사람들의 이야기
새들의 노래인가?
꽃들의 향기인가?
이 날의 목소리 광복의 무대에서 민족의 역사를 부른다

춤추는 풀잎

풀잎
바람을 즐긴다
누워 있다
앉아 있다
세상에 둘도 없는 무용수
스스로가 춤이 된다

시간 따라 길 따라

아무리 빠르고 바쁜 바람도
강도 넘고 산도 넘어가지만
시간을 넘어가지 않는다
사람의 탐욕이 제아무리 크다고 해도
삶의 길을 앞당길 수 없고
하늘보다 높이 쌓아올릴 수 없다
그것은 곧 세상길 인생길이 아니기 때문이다
바람도 자연의 섭리에 따라 사는 것처럼
인생도 삶에 순응하며
시간 따라 길 따라
감동의 눈빛이 꽃처럼 피어나고
설레는 마음이 물결처럼 일어나고
멈춰진 걸음걸음 의자처럼 편안한
아름다운 여행처럼 살아갔으면 좋겠다

하늘 아래 땅 위에 사람이다

아무리 높은 산이라도
하늘을 닿지 못하고
아무리 낮은 산일지라도
땅 밑을 닿지 못한다
산이 높아 봤자
8,848미터 에베레스트 산이다
살아생전 높은 자리 오르고 또 오르고자 하는 사람
자신의 마음도 오르지 못한 못난 사람
어디까지 오를까? 이제 그만 오르자
높은 사람 낮은 사람 죽을 때 똑같이 하늘에 오른다
너도 나도 하늘 아래 땅 위에 사람일 뿐이다

꽃도 사람도

꽃들의 희로애락
빨강꽃 노랑꽃 색깔에 따라
비에 젖지 않는 꽃도 있을까?
키 작은 앉은뱅이꽃
바람에 흔들리지 않을까?
너도 나도
물결 속에 떠가는 구름처럼
세월 속에 흔적이 어디 있을까?
꽃도 사람도 자연의 연인이니
꽃을 보는 순간처럼
첫 사랑 설렘처럼
인생길 세상길

어머니의 꽃

꽃이 혼자 세상을 보고 웃는 모습
어머니가 나를 보고 웃는 얼굴

삶과 시간

가다 서다
뒤를 보고 옆을 보고
때로는 격랑 속에 휩싸여
나뭇잎 배처럼 생각 없이 흘러도 가는 길
그래도 산에는 들에는 생명들이 피고 지고
시간과 공간 속에 역사가 지어지는 현상
유한 무한 유상 무상 진실처럼 거짓처럼
어둠의 달을 찾을까?
밝음의 해를 찾을까?
해와 달이 돌아가는
그 시간 공간 사이 인생 삶
무엇에 쓸려고 저리 채울까?

봄의 소리

봄이 부릅니다
봄 봄 봄 외 글자
무슨 소리로 들리세요
좀 더 가까이 가서
가만히 귀를 기울여 들어 보세요
혹시
꽃을 만날 사람
사랑을 준비하세요
이런 소리 안 들리세요?

나무에게

나무야 나무야 묘목에서 고목까지
그리고 다시 새순까지
한 번 난 자리 무엇이 그리
운명이더냐? 사랑이더냐?
욕심도 없고 꿈도 없었더냐?
사방천리 둘러볼 땅 얼마나 많은데도
어제도 오늘도 오늘 같은 미래도 변함없는 신념일까?
네 생의 더도 덜도 말고
만분의 일이라도 닮을 수 있다면 얼마나 좋을까?

나는 세상에 난 자리
논두렁 새싹에서 갈색잎이 되도록
어쩔 때는 바람처럼 물결처럼 흘러서 살았고
지금은 구름처럼 머물러 이곳에 살지만
또 어디로 이사 가서 살지 모르니
이것이 욕심인지 꿈인지 행복인지 풀 길이 없어
나무야 나무야 너를 보며 묻는다
내가 다시 산다면 꼭 너를 닮아 살고 싶다

작년에도 봄 올해도 봄

달에 걸린 매화를 만나러
바람을 불러 마중길
고개 올려 밤하늘을 쳐다보니
별 한 줌 내려와 내 마음에 담긴다
반짝이는 별 마음 읽고 또 읽어보니
그대 눈빛으로 그려 놓은
작년에 봄 올해도 봄
그리움 놓지 않는 사랑이었네

순환

바다의 그리움
꿈꾸는 파도
하늘을 오를 수 없어
하늘을 내려 품고 춤을 춥니다

쌓이고 쌓인 소망을 이룰 수 없어
꿈꾸는 물결
구름을 오를 수 없어
구름을 내려 안고 노래합니다

하늘과 바다의 인연은
서로의 마음 속에 사는 숙명일까요?
욕심 없는 몸짓
영혼으로 순환하는 생명력일까요?

푸른 나무야

나무야 나무야 여름 나무야
날마다 뜨겁디 뜨겁고 덥디 덥게
햇볕은 너를 사랑한 건지 너를 시샘한 건지
저토록 붉은 눈동자 쏟아내는데

나무야 나무야 여름 나무야
너는 햇볕이 내릴수록 더 싱싱히 사느냐?
그 비결 좀 가르쳐 다오
절조를 지키는 그 푸른 마음 말이다

돈만 되면 사랑이고 은혜고 뭐고
일러준 길 고마움도 헌신짝처럼 버려진
유혹과 탐욕이 어울려 사는 세상길
나는 너를 꼭 닮은 사람으로 살고 싶다

삼일절 이름으로

아우내 장터에서 터지는 소리
천안삼거리 능수버들 고개를 들고
삼천리 반도 산천초목까지 민족의 혼을 전한다
엄동설한을 이겨낸 들판의 잡초
봄비에 젖어 생명의 입술을 벌린다

유관순 누나 태극기 숨결 바람에 실어
독립의 기상으로 깊이 잠든 겨울을 깨운다
이 땅에 뿌리 깊은 나무가 되어
이 강산에 향기로운 꽃으로 피어나리
조국을 위해 바칠 것이 이 몸뚱아리 하나뿐임이 원통하도다

꽃은 져도 꽃은 져도 그 씨앗은
영원한 역사의 꽃으로 다시 새롭게 피어날 것이니
흰 옷 입은 소녀 유관순 누나
그 님이 우리의 마음 그 님이 우리의 얼굴
민족의 영원한 누나 그 이름을 부른다

8월을 부르는 7월 빛

장맛비도 갔다
그렇게 사람들의 애를 끓던 장맛비
노처녀 시집가듯
사랑의 여운을 남겨놓고
비야 비야 푸른 나뭇잎 들꽃들
약속대로 눈물짓고
비는 그 사연을 품고 어디로 갔나
7월 너머 어느 세월 누구랑 만날까
시간은 태풍이 부르는가?
8월에 편지 날린 가을빛이 부르는가?

세월이 부른다 세월이 간다

푸른 하늘에 흰 구름은 알까?
흰 구름이 두둥실
세월 가는 줄 모르고 노니는 걸 보면
아직도 청춘이다
푸른 바다 파도는 알까?
파도가 저렇게 밤낮으로 춤추는 걸 보면
아직도 젊은 청춘이다
푸른 저 산이 알까?
숲속이 새들을 불러 모은 걸 보면
아직도 추억이 꿈꾸고 있다
저 구름도 파도도 숲도 그러하거늘
내 사랑 8월 한 달
저 태양 내려놓을 자리도 없는데
숨 돌릴 새도 주지 않고
약속대로 정확하게
세월이 부른다 세월이 간다

파도처럼 피어라

춤추며 노래하는 파도를 보라
일어서기 위해 쓰러지고
쓰러지는 게 희망의 걸음이다
물방울 하나면 기쁜 꽃으로 피어난다
꽃도 사랑도
사람의 행복도 바로 피지 않는다
반복된 힘
포기를 모르는 꿈
세월 길 희로애락 시간들
파도처럼 피어나서
행복한 삶의 노래를 이루는
영원한 생명의 바다가 되리니

들꽃 시인

무심코 들길을 걷다가
자갈 반 흙 반 풀 반인
들판에서 들꽃 하나 만나면
내 눈과 마주친 얼굴
걸음을 멈추게 한다
“아 예쁘다 들꽃이 여기 피었네”
그대 얼굴처럼
손으로 만져볼까 말까
만져보기도 아까워
네 마음처럼
스마트 폰에 담는다

봄산의 꽃

나 혼자 꽃피기 전에는 짝사랑이고
우리 같이 꽃필 때는 사랑이냐?
나 혼자 꽃물들면 그리움이고
우리 함께 꽃물들면 사랑이냐?
나는 네 생각 속에 사는 봄산이고
너는 내 마음 속에 피는 꽃이니까?
나는 이래도 좋고 저래도 좋아

제 5 부

사랑의 파도

바다 바다 바다
넓고 넓고 넓다
그런데
파도가 나를 보더니
너무 좋아한다
춤을 추며 내게로 밀려온다
파도의 사랑을 품어주었던
바다가 좁았는가 보다

나목

그 누가 겪어야 했던 삶의 노래인가?
그 누가 길 가다 멈춘 자리일까?
잡초도 몸을 숨긴 들판
바람도 비켜간 나목의 손을 잡은
새 한 마리
너도 외로운가 보구나
새의 노래 사랑일까?

사랑의 인생

생명의 노래
삶의 꿈
우리의 사랑
나는 바다
그대는 파도
우리는 한 가슴에
해를 안고 달을 품고
함께 가는 물결

마음의 길

마음의 길은
눈을 감아야 보인다
그 길에는
내가 쉴 의자 하나 기다리고 있다
눈을 뜨면
돈만 보이고 앉아 있지도 못하고
계속 걷는 길만 나타난다
눈 감으면 꿈만 보인다

길 하나

눈으로 보는 길은 현실만 보이고
그 속에는 욕심이 짐승처럼 싸움만 한다
나는 사람이다
사람의 길 하나
마음 속에 있을까?
꿈길을 찾아가는
오늘밤에
그 길에서 꽃을 만나고 싶다
사랑과 사람이 만나는 길

빗소리 시샘

비가 오면
네가 보고 싶을 줄 알았다
그런데 예상했던 것보다
훨씬 더 보고 싶다
비가 쉬지 않고 내린다
비도 누가 보고 싶은 사람이 있는가 모르지만
시샘이 난다
빗방울 수보다
더 많이 보고 싶다

빗방울 사랑

떨어지는 빗방울 하나는 흔적 없지만
그리움 쌓인 빗방울 얼굴
두근거리는 짝사랑
땅바닥을 진실하게 두드린다
맑은 색깔로 그리는 그림 위에
물방울로 마음 모아 물길이 연다
내가 그녀의 가슴을 두드린 것처럼
그녀를 사랑할 때와 같은 방법이다

봄날 인생

먼먼 하늘이 내게로 온다
은빛 구름날개 달고
어젯밤 꿈처럼 다가온다
하늘이 내게로 온다
금빛 햇살 날개 달고
바다와 같은 푸른 내 마음에 빠진다
그 옆에 세월도 쉬어가는
내 마음의 징검다리 섬 하나
별빛이 내려와 이야기꽃을 피운다
나는 자연의 바람이고 싶다
나는 사람의 자유이고 싶다
돌이 되어 살아가기 싫다
약속된 봄날의 꽃으로 살고 싶다
뭐가 그리 중요한가?
일인가? 돈인가?
하루 한시 시 한 수 읊지 못하는 인생살이
허공에 부서진들 흔적이나 있을까?
아지랑이 손잡고 봄 메아리 산 넘어 오는데

돌아온 탕아

구름을 품고 흘러가는 시냇물
햇살이 빠져 있는 연못
봄바람이 부르는 소리에
깜짝 놀라
돌아온 탕아의 모습
눈망울 별을 닮은 개구리
시냇물에 몸을 씻을까?
연못에 몸을 씻을까?
천지가 황홀한 세상이다

세월을 숨쉰다

세월이 숨을 쉰다 자연이 숨을 쉰다
봄을 만나러 나오려는 꽃잎의 맥박이 뛴다
땅속에서 물속에서
산에서도 들에서도
나무 실가지 끝에서도 풀잎 실뿌리에서도

어디를 짚어도 발끝에 그리움이 온다
어디를 만져도 손끝에 사랑이 온다
아직 햇살과 손잡지 못한 키 작은 아지랑이
바람이 먼저 일으켜 세우고 있다
살아 있는 세월의 숨 방울 모여드는 소리다

꽃 핀다

봄으로 가는 길
꽃샘 눈보라가 길을 막고
몸부림으로 품어보지만
여린 꽃눈은 속지 않는다
새순 냉이도 속지 않고
꽃샘 눈보라를 헤치고
꽃 핀다 새살이 돋는다
세월을 이기는 힘 어디 있을까?

봄바람

나목의
가슴이나 등이나 손이나
눈을 뜨고 보면
쏟아지는 햇살에 사랑을 열고
눈을 감고 보면
코끝에 들려오는 그리운 내음
산 넘어 오는 바람
강 건너 오는 바람
내 마음 문풍지를 잡아당기는 소리
안녕하세요?
저 왔어요
제 손을 꼭 잡아 주세요

세상이 된 핸드폰

시간의 그림자 삶의 숨소리
내 안의 심장처럼
우주의 빛을 기다리며 교신하는 핸드폰
남편보다 아내보다 더 가까이서
잠 잘 때도 머리맡에 있는 사랑
사람보다 사랑보다 핸드폰이 먼저다
사람의 진짜 눈의 자리를 바꿔 버린
세상의 눈이 된 핸드폰
핸드폰을 잃어버리면 눈 뜬 장님
눈앞 골목길도 어둠이 된다
4차원 시대가 궁금하다

여인의 숨결처럼

누가 시키는 사람 없어도
누가 돌보는 사람 없어도
세월 하나 믿고
일 년 열두 달 쉬는 날 하루 없이
발걸음 발걸음 생명의 본능일까요?
여름날 장대 같은 비가 가로막고
가을날 낙엽 더미가 가로막고
겨울날 눈보라가 가로막아도
사랑을 찾는 아름다운 믿음은
향기로운 봄길 따라
시집가는 여인의 숨결처럼 옵니다

욕심쟁이 봄산

봄산은 사랑의 욕심쟁이
저렇게 예쁜 꽃을
색깔대로 가슴에 품고 산다
봄산은 늙지도 않는 만년 청춘
나도 너처럼 내 인생 꽃 한 번 피워 보고 싶다
너의 품안 좀 빌려다오

꽃이 오는 색깔

아직 꽃들은 모습을 다 드러내지 않고 있어요
지금쯤 더 예쁘게 꽃단장을 하고 있을 거예요
무슨 색깔의 옷을 입고 나올까?
이 색깔 저 색깔 고르고 입어볼 거예요
그래 봤자 해마다 똑같은 옷을 입고 나왔지만
그래도 꽃이 나오기 전까지는 항상 궁금해요
저 메마른 무색무취의 꽃가지에서
무슨 색깔을 그리고 있을까?
언니가 골라 주고 있을까?
엄마가 입혀 주고 있을까?

청춘과 나

엊그제 같은 청춘 시절
만물의 기운을 품은 나였다
희망이 아지랑이처럼 피어올랐고
꿈이 산천에 꽃처럼 피어났다
혹여 비바람에 꽃잎이 져도 아프지 않았다
꽃씨를 품은 나는 또 피어나면 그뿐이었다
그런 봄날은 내 가슴을 떠나지 않았다
큰 글자도 잘 안 보인
눈이 어두워진 지금은
오히려 세월이 저리도 잘도 가는 것이
하늘의 구름처럼 보이는데
깨알 같은 글자도 잘 보였던
눈 밝은 시절에는
세월이 개미 한 마리도 왜 그리도 안 보였을까?

민들레꽃 편지

민들레 얼굴
눈만 달렸나?
날개만 달렸나?
바람결에 발 하나 손 하나
보이지 않는 길
네가 앉은 자리
잡초를 찾아 외로움을 찾아
가깝게는 눈으로 날고
멀리는 날개로 나는 민들레
먹이를 찾아 공중을 날아가는 새들
텅 빈 민들레 마음 앞에 날개를 접고
사랑의 편지를 쓴다

꽃처럼 봄처럼

꽃피기 전 봄산처럼
남몰래 그리움을 쌓아보세요
꽃피워 낸 봄산처럼
말 못할 사랑을 피워 보세요
꽃처럼 봄처럼 잘 어울리는 꿈

꽃섬에 가고 싶다

햇살보다 일찍 눈을 뜨고
달빛보다 밝게 떠오른 얼굴
파도보다 먼저 마중 나온 손짓
누구를 기다리는 바닷길일까?

세월을 품고 그리움을 지키는 기도
어찌 저리도 예쁘게 꽃단장 차려입고
소원의 시간 약속의 자리
바람도 구름도 신앙처럼 고요한 섬

마음을 내려놓으면 꽃섬이 될까?
자연의 이름 하나 아름답다면
'하화도' 너를 사랑이라 부르며
꽃의 꿈이 피어나는 꽃섬에 가고 싶다

빗줄기와 그리움

비는 땅바닥을 두드리고
나는 그대 생각을 두드린다
빗줄기도 나처럼
그리움의 눈물일까?
비는 땅이 품어주고 강물도 손잡아 주지만
내 눈물은 누가 닦아주나?
비처럼 내리는
그대 없는 비 오는 거리

사랑의 충전기

아침부터 그대를 생각하면
온종일 기분이 좋다
그리운 가슴에 달아 놓은
늘 푸른 그대 충전기

꽃과 산이다

나는 꽃을 보면 그대가 생각난다고 했고
당신은 산을 보면 내가 생각난다고 했다
우리는 사실대로 적으면
떨어질 수 없는 꽃과 산이다

소낙비처럼 울어라

사랑에 가슴이 아프면
보슬비처럼 이슬비처럼 슬프게 울지 마라
소낙비처럼 한바탕 시원하게 울어버려라
먹구름이 거치면
하늘이 둥실거리고
바람도 공기도 시원하다
사랑이 아프면
소낙비처럼
땅바닥을 두드리며
가슴을 치며 울어버려라

제6부

봄을 보낸다
세월과 삶
봄 속에 꽃 속에
봄이 오는 소리
봄을 사랑하며
봄날의 꽃처럼
봄 속에서 사랑을 찾았다
가을 작은 들꽃아
파도의 상상
생각 많은 봄
봄이 색안경을 썼다
꽃이 되고 싶다
풀의 꿈
비의 길
길
봄을 만진다 꽃을 만진다
꽃들에게 박수를 보낸다
꽃의 말
나보다 예쁜 꽃
꽃의 눈물
생명을 사랑하는 운동
로마에서
삶의 길 여행길
사람의 꽃

봄을 보낸다

햇살이 들면 들판에 꽃이 피고
비가 오면 언덕에 싹이 나고
자연의 봄은 그렇게 오는 거지
그런데
들판에 봄보다
산천에 봄보다
더 아름다운 봄을 보낸다
놀라지 마
너의 웃음이 꽃으로 피는 봄이야
너의 얼굴이 사랑으로 피는 봄이야
평생 내 마음엔 봄

세월과 삶

세월이 빠를까요?
사람의 마음이 빠를까요?
세월에 맞춰 삶을 일구고 살까요?
삶에 맞춰 세월을 따라 살까요?
걷고 걷는 앞걸음 뒷걸음
삶은 오늘이 내일로 살지만
오고 가지 않고 머물러 있는 세월
오늘은 내일이 아니랍니다
한 철도 피지 못하고 지는 꽃일지라도
어디 세월 탓하는 것 봤나요?

봄 속에 꽃 속에

손님처럼 맞이했던 꽃소식
어느새 주인이 된 자리
내가 너의 대문을 두드린다

개나리 진달래 떠나간 산비탈
붉게 타는 영산홍 철쭉
여인의 가슴처럼 터져 버린다

이름 모를 들꽃에 날아드는 벌 나비
지칠 줄 모르는 신나는 자리
나도 그냥 떠날 수 없어 봄 속에 빠져 논다

봄이 오는 소리

새싹이 내민 손마디 사이로
물오른 버들가지에 내려앉은 햇살
움츠린 진달래꽃 바람을 시켜 불러본다

어둠이 내려도 잠들지 못하는 산천의 꽃향기
달빛 아래 그 여인의 얼굴을 보는 춘분
들꽃들에게 발목 잡혀 망설이는 세월도 보인다

개구리 언덕에 올라 풀벌레 옹알이 들으면
새들이 짝짓는 소리 둥지마다 사랑으로 부르는데
천지간 생명의 노래소리 누가 귀 막을까?

봄을 사랑하며

봄을 느낀다는 것은
사랑을 안다는 것입니다
그만큼 인생의 연륜이 쌓였기 때문입니다
아름다운 세월 속에서
이 봄날을 얼마나 맞으셨나요?
행복한 세상에서
저 꽃을 얼마나 더 만날 수 있을까요?
지난 날 산 넘어간 구름처럼 사라졌고
그렇게 애착했던 삶의 걸음걸음
시냇물의 나뭇잎배처럼 흔적도 없이 흘러가 버렸어요
바람에 떨어질 때를 생각하고 피어나는 꽃이 어디 있을까?
세월에 질 때를 생각하며 피어나는 꽃이 어디 있을까?
봄날이 좋아서 운명처럼 숙명처럼 찾아왔겠지요?
세상길 인생길처럼

봄날의 꽃처럼

무한한 세계를 공전하는
별이냐 달이냐 해냐
세상과의 약속을 지키는 계절 눈
올해도 어김없이 사람들이 좋아하는 봄길을 찾았다

나는 너 오기만을 기다리며
또 한해를 살아갈 이 땅에서
꼭 네가 피워낸 꽃을 닮은
내 인생 꿈을 펼쳐보는 행복의 꽃이 되고 싶다

누가 꽃을 보고 손가락질하고
누가 꽃을 보고 욕을 하랴
내 가슴에 꽃씨 하나 심어 놓고
나도 봄날의 꽃처럼 사랑받고 아름답게 살아가고 싶다

봄 속에서 사랑을 찾았다

봄을 얼마나 느끼고 있는가?
봄 속에서 꽃이 된다는 말
정말정말 실감이 난다
나는 지금 봄이 되어 꽃을 품고 있다

가만히 있어도 얼마나 행복한지
밤이고 낮이고 웃음이 나오고
바람도 내 향기 품고 산천을 다닌다
나처럼 봄과 꽃처럼 사랑을 해 보면 안다

가을 작은 들꽃아

소낙비에 그렇게 두들겨 맞고도
아프지도 슬프지도 않느냐?
푸른 마음 밝은 얼굴
가을 작은 들꽃아
여름 소낙비가 무섭지도 두렵지도 않더냐?
잘도 견디고 이겨낸 너를
그냥 들꽃이라 부르기에는
너의 운명이 너무 고결하다
내 가슴에 너의 이름 심어 놓고
내가 힘들고 어려울 때
너의 얼굴 보고 싶어
가을의 마음으로 너를 기다렸다

파도의 상상

파도야 그 몸짓 그렇게
그리움이 울어버리면
님이 그려놓은 설레는 흔적
어느 달빛 그림자 찾아
그 날의 추억을 그려볼거나?

파도야 세월의 사연을 놓고
세상의 인연을 품었느냐?
만민을 위한 사랑으로
구름을 잡은 하얀 숨소리
바람을 타고 한 몸을 이루는구나?

파도야 낮과 밤에 꿈을 꾸며
영혼을 부른 상상의 예술
그렇게 노래가 되고 춤이 되고
그림이 되고 시가 되어
시인의 가슴에 둥둥둥 북을 치느냐?

생각 많은 봄

어머니처럼 생각 많은 봄
내 줄 것이 사랑뿐이다
이것 저것 일 년 갈 생명을 챙긴다
어린 시절 자식을 키우는 어머니 품안 같다
그래서 봄을 다 좋아하나 보다

봄이 색안경을 썼다

봄이 빨주노초파남보 색깔대로 안경을 썼다
산에도 들에도 예쁘고 곱게
꽃안경을 썼다
저렇게 빛나는 눈으로 세상을 바라보는 봄날
바람에 흔들려도
비에 젖어도
지는 날까지 그 색깔 그 눈빛
봄날의 눈은 누구를 닮았을까?
내 안에 봄산이 있는데
등잔 밑이 어둡구나
봄날은 정말 멋쟁이다

꽃이 되고 싶다

올봄에는
우리 서로 바꾸어 태어났으면
그대는 산으로
나는 꽃으로
그대의 예쁜 얼굴로
그대의 향기로운 마음으로
올봄만이라도 그대를 기쁘게 해 주고 싶다
그동안 나만 많이 받았던 사랑을 돌려주고 싶다
사랑은 받는 것보다 주는 것이 좋다니까
나도 그 행복을 맛보고 싶다

풀의 꿈

예쁜 꽃도 바라지 않습니다
그냥 작은 미소 짓는 얼굴이면 좋겠습니다
내 몸에 이슬방울 하나 달아 놓고
오가는 사람들 세월을 동무 삼아
너른 들판 오래오래 잘 지키겠습니다

햇살이 들 때 온몸으로 인사를 했지만
나는 얼굴이 없으니 차별 없는 햇살도
웃고 있는 내 모습이 안 보이나 봅니다
아름다움이 보여야 꽃으로 필 텐데
마음 속에서 피어나는 꽃 같은 얼굴이 울고 있습니다

바로 내 옆에서 사시사철 뽐내는 들꽃들
저렇게 다정하게 노는 모습이 부럽습니다
들꽃도 내 모습이 안타까운지
어쩔 때는 향기를 품어줍니다
나는 들꽃의 향기를 닮으며 들판의 자유가 되겠습니다

비의 길

봄비 산에 내리니 산이 되고
들에 내리니 들이 되고
꽃에 내리니 꽃이 되고
나무에 내리니 나무가 되고
물에 내리니 물이 된다
빗방울 수만큼 많고 많은 사랑
하염없는 수수께끼를 풀 수 없는 비
내 눈 앞에 얼굴 하나 보이는데
사랑은 어디서나 누구에게나
내리고 흘러가나 보다

길

사랑이 머무는 곳
시작도 끝도 없는 길
봄 여름 가을 겨울
또 돌고 도는 계절이 길을 열어준다
그대가
머무는 곳이 목적지고
그곳에서 길이 끝난다
그대는 계속 간다
나도 날마다 간다
눈 감고도 가고
눈 뜨고도 간다

봄을 만진다 꽃을 만진다

사랑은 봄비에 젖어
봄빛에 향기를 품고
서로를 보고 웃는 것
내가 그대를 부르면 꽃이 되고
그대가 나를 부르면 산이 되는 것
서로가 산처럼 꽃처럼 한 몸 되어
해도 달도 부러워하는 사랑이 되는 것
그대가 봄을 만지는 것
내가 꽃을 만지는 것

꽃들에게 박수를 보낸다

어디서 얼마나 무슨 꿈을 꾸고 살았으면
이렇게 예쁘게 피어날 수 있을까?
누구에게 아름답게 보이려고
내가 좋아하는 봄날에 피었느냐?
물어도 불러도 대답 없고
웃고만 있는 너의 얼굴
말로 표현할 수 없을 만큼
행복한 고운 빛이 물들어 있는데
꽃아 꽃아 그렇게 내가 좋으냐?
너보다 내가 더 좋다
사랑을 가르쳐준 꽃들에게 박수를 보낸다

꽃의 말

갈 때도 꽃처럼 가고
올 때도 꽃처럼 오는
너의 이름은 꽃이야
봄이 부른 꽃일까?
내가 부른 꽃일까?
올봄에나 말문이 열릴까?
너의 입술 바라보지만
한 마디 말 없는 태초의 얼굴빛
꽃이 하는 말 바람보다 먼저 느끼고
나도 너를 닮아 말문이 닫히니
너도 꽃이요 나도 꽃이 된다

나보다 예쁜 꽃

세상에는 나보다 예쁜 꽃들이 더 많다
예쁜 여자들도 많고 예쁜 옷들도 많다
나보다 예쁜 꽃들이
나보고 예쁘다고 칭찬을 한다
나는 뭐라고 말할 수 없어 그냥 웃고만 있다

꽃의 눈물

어둠 속에 내리는 이슬이 꽃의 눈물이런가?
비에 젖은 얼굴이 꽃의 눈물이런가?
웃으면서 눈물 흘리는 사람 없듯이
웃으면서 눈물 흘리는 꽃이 어디 있느랴?
이슬은 이슬일 뿐이고 비도 비일 뿐이다
저렇게 예쁜 얼굴 고운 빛깔로 피어나는 생에
어찌 희로애락 사연 없었을까?
그래도 꽃은 꽃으로 태어난 운명을 더 사랑하나 보다
눈물을 삭히는 어머니처럼

생명을 사랑하는 운동

오늘 정례회의가 끝났다
나는 '생활체육 활성화'를 위한 질의를 했다
사물과 사람의 생리는 다를 것이 없다고 생각했다
아무리 아름다운 꽃도
햇살을 받지 못하면
웃음을 보일 수도 없고
바람에 흔들리지 않으면
고운 향기를 풍길 수도 없다
꽃도 그렇게 바람 따라 몸을 가누며 피어나듯
사람도 건강하기 위해서는 몸을 흔들어야 한다
웃으며 피어나는 꽃처럼
생활 속에 행복을 찾아 움직이는 몸
운동은 생명을 사랑하는 연인이다
여수 시민들의 건강이
햇살도 비도 바람도 맞으며
사계절 들꽃처럼 피어났으면 좋겠다

로마에서

"로마에 가면 로마법을 따르라"
성 베드로 대성당
한 땀 한 땀 수놓은
세월의 뜨개질 솜씨
자연이 닮아오는 예술일까?
예술이 자연을 닮은 걸까?
시간을 옮겨 놓은 역사 앞에
다물어진 내 입술은 꿈을 꾸고
어느새 별을 닮은 내 눈이 말을 하며
아름다움을 걷는 인문의 무늬 물결
옛날과 오늘이 사는 공간마다
로마 벽에 걸려 있는 작품들
신이 살고 인간이 사는 로마로다
나도 그 속에서 로마로다
'나는 생각한다 고로 존재한다'
그 오랜 세월과 오늘 이 시간이 하나 됨을

삶의 길 여행길

여행은 걷는 것이다
보는 것이다
느끼는 것이다
다 맞는 말이다
하지만 그 속에서 내가 되는 것이
가장 큰 아름다움이다
어떻게 내가 될까?
사는 일이
그냥 일하고 돈 버는 데 숨 쉬는 데만 있는 것일까?
삶이 그냥 살기 위한 길이 아님을 알았다
한국에서 따라온 바람
이곳 바람과 잘 어울려 노는 걸 보면
나도 하나 된 꿈속의 길을 걷고 있다
다음에 또 온다면
내가 눈에 보이고 발길이 닿는 곳마다
그 옛날 시간 속으로 걸어가고 싶다
그 생애가 꼭 오리라는 꿈을 계절의 꽃처럼 피워 본다

사람의 꽃

나 하나 촛불은 촛불이지만
사람들이 함께 켜는 촛불은
세상에서 가장 아름다운 풍경
이 땅에 사람의 꽃 잔치가 된다
사랑 아우성이 정의가 되어
하늘에 오르는 꿈
누가 하늘을 거슬러 하는가?

김유화 인문시집
꽃아 피어나라
•
지은이 / 김유화
발행인 / 김영란
발행처 / 한누리미디어
디자인 / 지선숙
•
08303, 서울시 구로구 구로중앙로18길 40, 2층(구로동)
전화 / (02)379-4514, 379-4519
Fax / (02)379-4516
E-mail/hannury2003@hanmail.net
•
신고번호 / 제 25100-2016-000025호
신고연월일 / 2016. 4. 11
등록일 / 1993. 11. 4
•
초판발행일 / 2017년 9월 20일
•

•
값 10,000원
•
※잘못된 책은 바꿔드립니다.

•
ISBN 978-89-7969-758-2 03810